Sirodot 1873. Février - 7

CATALOGUE

D'UNE

Très-belle Collection de

LIVRES

SUR

L'ARCHITECTURE ET LES BEAUX-ARTS

PROVENANT DE LA BIBLIOTHÈQUE

De feu M. SIRODOT, Architecte

DONT LA VENTE AURA LIEU

RUE DES BONS-ENFANTS, 28

(MAISON SILVESTRE, SALLE N° 2)

Les Vendredi 7, Samedi 8 et Lundi 10 Février 1873

A SEPT HEURES DU SOIR

Par le ministère de Me **BELLIOT,** Commissaire-Priseur à Paris,
boulevard du Prince-Eugène, 48.

DEUXIÈME PARTIE

Sciences, Archéologie, Histoire de Paris et des Provinces
Littérature, Bibliographie

PARIS

CHASLES, LIBRAIRE-EXPERT

Rue Bonaparte, 15

—

1873

Ves RENOU, MAULDE et COCK

IMPRIMEURS DE LA COMPAGNIE DES COMMISSAIRES-PRISEURS

Rue de Rivoli, 144

CATALOGUE

D'UNE

Très-belle Collection de

LIVRES

SUR

L'ARCHITECTURE ET LES BEAUX-ARTS

PROVENANT DE LA BIBLIOTHÈQUE

De feu M. SIRODOT, Architecte

DONT LA VENTE AURA LIEU

RUE DES BONS-ENFANTS, 28

(MAISON SILVESTRE, SALLE N° 2)

Les Vendredi 7, Samedi 8 et Lundi 10 Février 1873

A SEPT HEURES DU SOIR

Par le ministère de **Me BELLIOT,** Commissaire-Priseur à Paris,
boulevard du Prince-Eugène, 48.

DEUXIÈME PARTIE

Sciences, Archéologie, Histoire de Paris et des Provinces
Littérature, Bibliographie

PARIS
CHASLES, LIBRAIRE-EXPERT
Rue Bonaparte, 15

—

1873

ORDRE DES VACATIONS

PREMIÈRE VACATION

Le Vendredi 7 février .... Nos 1 à 200

DEUXIÈME VACATION

Le Samedi 8 février .... Nos 201 à 395

TROISIÈME VACATION

Le Lundi 10 février

Environ 2,000 volumes non catalogués : Sciences, Littérature, Archéologie, Architecture, Histoire des Provinces, Guides Joanne et environ 300 Cartes et Plans.

CONDITIONS DE LA VENTE

Elle sera faite au comptant.

Les Acquéreurs paieront CINQ CENTIMES PAR FRANC en sus des adjudications.

CATALOGUE

D'UNE

Très-belle Collection de

LIVRES

SUR

L'ARCHITECTURE ET LES BEAUX-ARTS

PROVENANT DE LA BIBLIOTHÈQUE

De feu M. SIRODOT, Architecte

DEUXIÈME PARTIE

SCIENCES

---

1. **Annales des ponts et chaussées**, première série, 1831-1840 ; 10 vol., une table et un atlas ;
2e série, 1841-1843 ; 3 vol. ; ensemble 14 vol. in-8 et atlas in-fol., dem.-rel.

2. **Ardant** (P,). Etudes théoriques et expérimentales sur l'établissement des charpentes à grande portée. *Metz*, 1840 ; in-4, pl. cart.

3. **Bélidor**. La Science des ingénieurs. *Paris*, *Didot*, 1830 ; 1 vol. in-4 et atlas, dem.-rel.

4. **Bernard Palissy**. Œuvres complètes, avec notes, par Paul-Antoine Cap. *Paris*, *Dubochet*. 1844 ; in-12, dem.-rel.

5. **Bézout.** Cours de mathématiques, 3e partie, algèbre et application de l'algèbre à la géométrie. *Paris, Bachelier*, 1822 ; in-8, pl., dem.-rel.

6. **Bernard** (Jean). Sauvegarde pour ceux qui craignent la fumée et instr. pour faire cheminées neuves, etc. *Dijon*, 1521 ; in-12, dem.-rel.

7. **Biot** (J.-B.). Essai de géométrie analytique appliqué aux courbes et aux surfaces du second ordre. *Paris, Bernard*, 1805 ; in-8, pl., dem.-rel.

8. **Bonafous** (Mathieu). Traité de l'éducation des vers à soie. *Paris, Bouchard-Huzard*, 1840 ; in-8, pl., dem.-rel.

9. **Bosse** (A.). La Pratique du trait à preuves pour la coupe des pierres. *Paris*, 1643 ; in-12, fig., rel. anc.

10. **Bourdon.** Eléments d'arithmétique. *Paris, Bachelier*, 1840 ; in-8, dem.-rel.

11. **Bonnardot** (A.) Essai sur la restauration des anciennes estampes et des livres rares. *Paris*, 1846 ; in-8, dem.-rel.

12. **Bulos** (A). De la Chaleur dans ses applications aux arts et aux manufactures. *Paris, Urbain-Canel*, 1825 ; in-12, br.

13. **Chateau** (Th.). Technologie du bâtiment. *Paris, Bance*, 1863 ; 2 vol. in-8, pl. br.

14. **Claudel** (J.). Pratique de l'art de construire. *Paris, Carilian-Gœury*, 1850 ; in-8, dem.-rel.

15. **Cointereaux.** Suppression des souches de cheminée à la pente des toits. *Paris*, 1806 ; in-8, pl. cart.

16.—Avis au peuple sur l'économie de son bois. *Paris*, 1806 ; in-8, pl. cart.

17. **Delesse** (A.). Matériaux de construction de l'exposition universelle de 1855. *Paris*, *Dalmont*, 1856 ; in-8, dem.-rel.

18. **Desarnod.** Mémoire sur les foyérs économiques et salubres. *Paris*, 1789 ; in-8, pl. br.

19. **Desarnod** (J.-F.). Mémoire sur les foyers économiques et salubres. *Paris*, 1789 ; in-8, pl., rel. anc.

20. **Despretz** (C.). Traité élémentaire de physique. *Paris*, *Méquignon*, 1836 ; in-8, dem.-rel.

21. **Desarnod.** Mémoires sur les foyers économiques et salubres. *Lyon*, 1789, in-8, pl., dem.-rel.

22. **Dejardin.** Routine de l'établissement des voûtes. *Paris*, *Carilian-Gœury*, 1845 ; in-8, pl., dem.-rel.

23. **Dissertation** sur la nature et la propagation du feu. *Paris*, 1744 ; suivi d'une lettre de M. de Mairan à la marquise du Châtelet, sur la question des forces vives et réponse de la marquise. *Paris* et *Bruxelles*, 1741 ; in-8, rel. anc.

24. **D'Orbigny** (C.) et **Gente.** Géologie appliquée aux arts et à l'agriculture. *Paris*, *A. Gente*, 1851 ; in-8, pl., dem.-rel.

25. **Douze** volumes et brochures sur les cheminées, la fumée et l'art de se chauffer. In-8 et in-12 br.

26. **D'Orbigny** (Ch.). Description des roches composant l'écorce terrestre. *Paris*, 1868 ; in-8, br.

27. **Euler** (L.). Eléments d'algèbre. *Paris*, 1798; 2 vol. in-8, dem.-rel.

28. **Evans** (Oliver). Manuel de l'ingénieur mécanicien-constructeur de machines à vapeur. *Paris*, *Bachelier*, 1821 ; in-8, pl., dem.-rel.

29. — Guide du meunier et du constructeur de moulins, *Paris*, *Malher*, 1830 ; in-8, pl. dem.-rel.

30. **Fairbairn** (William). De l'application de la fonte, du fer et de la tôle dans les constructions. *Paris*. *V. Dalmont*, 1857 ; in-8, fig., dem.-rel.

31. **Faye** (De la). Recherches sur la préparation que les Romains donnaient à la chaux. *Paris*, 1777 ; in-8, rel., v. pl.

32. **Figuier** (Louis). La Terre avant le déluge. *Paris*, *Hachette*, 1864 ; gr. in-8, fig., br.

33. **F. P. H.** Caminologie ou traité des cheminées. *Dijon*, 1756 ; in-12, pl. rel., v. pl.

34. **Francœur** (L.-B.). Cours complet de mathématiques pures. *Paris*, *Bachelier*, 1828 ; 2 vol. in-8, pl., dem.-rel.

35. **Francœur** (L.-B.). Traité de mécanique élémentaire. *Paris*, *Bachelier*, 1825 ; in-8, pl., dem.-rel.

36. **Freycinet** (Ch. de). De l'Analyse infinitésimale. *Paris*, *Mallet-Bachelier*, 1860 ; in-8, br.

37. **Galilei.** Les nouvelles pensées, trad. de l'italien. *Paris*, 1639 ; in-12, fig., dem.-rel.

38. **Gautier.** Traité des ponts. *Paris*, 1765 ; in-8, fig., dem.-rel.

39. **Gourlier.** Exposé d'un nouveau mode de construction des tuyaux de cheminée renfermés dans l'épaisseur des murs. *Paris*, *Colas*, 1823 ; br. in-8, dem.-rel., pl.

40. **Hachette.** Traité de géométrie descriptive. *Paris*, 1822 ; 1 vol. et un atlas in-4, dem.-rel., c.

41. — Traité élémentaire des machines, 4e édition. *Paris*. 1828 ; 1 vol. et un atlas in-4, dem.-rel., c.

42. **Hamon** (P.). Art de chauffer. *Paris*, 1829 ; in-8, pl., dem.-rel.

43. **Joly** (Ch.). Traité pratique du chauffage, de la distribution des eaux dans les habitations particulières. *Paris*, *J. Baudry*, 1869; in-8, fig., br.

44. **Karsten** (C.-J.-B.). Manuel de la métallurgie du fer. *Metz*, 1830 ; 3 vol. in-8, dem.-rel., fig.

45. **Laboulaye** (Ch.) Traité de cinématique. *Paris*, *Lacroix*, 1861 ; in-8, fig., dem.-rel.

46. **Laboulaye**. Dictionnaire des arts et manufactures. *Paris*, *Lacroix* ; 3 vol. in-4, dem.-rel,, tr. p.

47. **Landrin**. Traité de la fonte et du fer. *Paris*, *Dunod*, 1864 ; in-8, fig., dem.-rel.

48. **Langlois** (E.-H.). Essai sur la calligraphie des manuscrits du moyen-âge. *Rouen*, 1841 ; gr. in-8, dem.-rel., figures.

49. **Leblanc** (P.). Description du pont suspendu de la Roche-Bernard. *Paris*, *Carilian-Gœury*, 1841 ; 1 vol. in-4 et atlas in-fol., dem.-rel.

50. **Le Clerc** (S.). Pratique de la géométrie sur le papier et sur le terrain. *Paris*, 1669 ; in-12, fig., rel. anc.

51. **Legrand** (J.-G.). Essai sur l'Histoire générale de l'Architecture. *Paris*, 1809 ; in-8, portrait, dem.rel.

52. **Lefèvre** (A.). Nouveau Traité de l'Arpentage. *Paris*, *Courcier*, 1811 ; 2 vol. in-8, pl. dem.-rel.

53 **Lubbock** (John). L'Homme avant l'histoire. *Paris*, *Germer-Baillière*, 1867 ; gr. in-8, fig. br.

54. **Manuel** des Lois du bâtiment, élaboré par la Société centrale des Architectes. *Paris*, *Morel*, 1863 ; in-8, fig. dem.-rel. c., tr. p.

55. **Méchanique** (La) du feu, ou traité de nouvelles cheminées, par M. G... *Cosmopoli*, 1714; in-12, fig., dem.-rel.

56. **Morin** (Arthur). Résistance des Matériaux. *Paris*, *Hachette*, 1853; in-8, pl. dem.-rel.

57. Le même ouvrage. *Paris*, *Hachette*, 1857; in-8, pl., dem.-rel.

58. **Morin** (Arthur). Des Machines et Appareils destinés à l'élévation des eaux. *Paris*, *Hachette*, 1863; in-8, pl. dem.-rel.

59. **Péclet** (E.). Traité de la chaleur. *Paris*, *Masson*, 1860-61; 3 vol. in-8, fig., dem.-rel.

60. **Polonceau** (A. R.). Notice sur le nouveau système de ponts en fonte, suivi dans la construction du pont du Carrousel. *Paris*, *Carillan-Gœury*, 1839; 1 vol. in-4, et *Atlas* in-fol., dem.-rel.

61. **Poisson** (S. D.). Traité de Mécanique. *Paris*, *veuve Courcier*, 1811; 2 vol. in-8, fig., dem.-rel.

62. **Raucourt** de Charleville. Traité sur l'art de faire de bons mortiers. *Paris*, *Malher*, 1828; in-8, pl. dem.-rel.

63. **Rossignol** (J.-P.). Les Métaux dans l'antiquité. *Paris*, *Durand*, 1863; in-8, dem.-rel.

64. **Rumford**. Essai sur la meilleure construction des cheminées. *Paris*, 1796; in-8, pl., dem.-rel.

65. **Sachtleben** (J.-H.). L'art d'économiser le bois, ou dix procédés de feu économiques. *Paris*, 1792; in-8, pl. rel. bas.

66. **Sonnet** (H.). Dictionnaire des Mathématiques appliquées. *Paris*, *Hachette*, 1867; in-4, dem.-rel. tr. p.

67. **Théophile**. Essai sur divers arts, publié par Ch. de l'Escalopier. *Paris*, 1843 ; in-4, dem.-rel., c. tr. p.

68. **Tredgold** (Thomas). Essai pratique sur la force du fer coulé et d'autres métaux. *Paris*, *Bachelier*, 1826; in-8, pl., dem. rel.

69. **Usage** (L') du quadran ou de l'horloge physique universel. *Paris*, 1639 ; in-12, dem.-rel.

70. **Vicat** (L.-J.). Recherches expérimentales sur les chaux, les ciments et les mortiers. *Paris*, *Goujon*, 1818 ; in-4, pl.,dem.-rel.

ARCHÉOLOGIE

Moyen âge, Architecture

71. **Art (l') et l'Archéologie** au XIXe siècle. (Achèvement de St-Ouen de Rouen). *Paris, Didron*, 1851 ; in-4, pl. br.

72. **Audebourt.** (L.-P.). Le Laurentin, maison de campagne de Pline-le-Jeune. *Paris*, *Garilian-Gœury*, 1838 ; gr. in-8, pl. cart., n. r.

73. **Barthélémy**. Les Vitraux des Églises de Châlons-sur-Marne. Étude et description. *Paris*, 1858 ; in-8, cart.

74. **Barthélémy.** Variétés historiques et archéologiques sur Châlons-sur-Marne et son diocèse ancien. *Paris*, *Aubry*, 1862 ; in-8, fig. cart.

75. **Bard** (Joseph). Manuel général d'Archéologie sacrée. *Lyon*, 1844 ; in-8, fig , dem.-rel.

76. **Barbet de Jouy** (H.). Les Mosaïques chrétiennes des basiliques et des églises. *Paris*, 1857 ; in-8, dem.-rel.

77. **Berty** (Ad.). Les grands Architectes français de la Renaissance. *Paris, Aubry*, 1860; in-8, dem.-rel., n. r.

62. **Berty** (Ad.). Dictionnaire de l'Architecture du moyen-âge. *Paris*, 1845 ; in-8, fig., dem.-rel.

79. **Beulé** (E.). Études sur le Péloponèse. *Paris*, *Didot*, 1855; gr. in-8., dem.-rel.

80. — **L'Acropole** d'Athènes. *Paris*, *Didot*, 1862 ; gr. in-8, fig., dem.-rel.

81. **Bibliothèque** de l'école des Chartes, 2e série, tome 1 à 5, in-8, br.

82. **Bourassé** (J.-J.). Abbayes et Monastères. *Tours*, *Mame*, 1870; gr. in-8, fig. br.

83. **Boettiger** (C.-A.). Sabine, ou Matinée d'une dame romaine. *Paris*, 1813 ; in-8, dem.-rel., fig.

84. **Bourassé** (J. J.). Du Symbolisme dans les Églises du moyen-âge. *Tours*, *Mame*, 1847 ; in-8, dem.-rel., fig.

85. **Bourassé** (J. J.). Les Cathédrales de France. *Tours*, *Mame*, 1843 ; gr. in-8, dem. rel., fig.

86. **Boileau**. Nouvelle forme architecturale. Exposé, notes et appréciations. *Paris*, *Gide* et *Baudry*, 1853 ; in-4, pl. br.

87. **Breton** (Ernest). Pompeïa. *Paris, Gide*, 1855; gr. in-8, br.

88. **Bulletin** du Comité historique des arts et monuments, 4 vol.

— du Comité de l'histoire des arts, 3 vol.

— du Comité historique des monuments écrits de l'histoire de France. 4 vol., ens. 11 vol. in-8, dem.-rel.

89. **Bussierre** (de). Les sept Basiliques de Rome. *Paris, Lecoffre*, 1846 ; 2 vol. gr. in-8, pl. cart.

90. **Caveda** (Don José). Geschicte der Baukunst in Spanien. *Stuttgart*, 1858 ; gr. in-8, fig., dem.-rel.

91. **Caumont** (de). Définition élémentaire de quelques termes d'architecture. *Paris*, 1846 ; in-8, fig. cart.

92. **Caumont.** Abécédaire ou rudiment d'archéologie civile, militaire et religieuse. *Paris*, 1869 ; 2 vol. in-8, dem.-rel.

93. **Caillette de l'Hervilliers** (E.). La Bibliothèque des Catacombes de Rome. *Paris*, 1864 ; gr. in-8, dem.-rel.

94. — Coup-d'œil général sur les Catacombes de Rome. *Paris*, 1862 ; gr. in-8, dem.-rel.

95. **Cellini** (Benvenuto). Œuvres complètes, trad. par Léopold Leclanché. *Paris*, *Paulin*, 1847 ; 2 vol. in-12, dem.-rel.

96. **Chenavard** (A.-M.). Relation d'un Voyage en Grèce et dans le Levant, fait en 1843-44. *Lyon*, 1849 ; in-12, fig., dem.-rel.

98. **Cochet** (l'abbé). La Normandie souterraine. *Paris*, 1855 ; gr. in-8, dem.-rel. fig.

99. **Cochet** (l'abbé). Sépultures gauloises, romaines, franques et normandes. *Paris*, 1857 ; gr. in-8, dem.-rel., fig.

100. **Delécluze** (M.-E.-J.). Louis David, son école et son temps. *Paris*, *Didier*, 1855 ; in-12, dem.-rel.

101. **Deseine**. Notices historiques sur les anciennes académies royales de peinture, sculpture de Paris et celle d'architecture. *Paris*, 1814 ; in-8, dem.-rel.

102. **Desbassayns de Richemont**. Les Nouvelles études sur les catacombes romaines. *Paris*, 1870 ; in-8, br.

103. **Dezobry** (Ch.). Rome au siècle d'Auguste. *Paris*, *Dezobry*, 1846 ; 4 vol. in-8, fig. dem.-rel.

104. **Didron**. Manuel d'Iconographie chrétienne. *Paris*, 1845 ; in-8, dem.-rel.

105. **Ducarel**. Antiquités anglo-normandes. *Caen*, 1823 ; grand in-8, fig. dem.-rel. n. r.

106. **Eméric-David** (T.-B.). Histoire de la peinture au moyen-âge. Histoire de la sulpture française. Histoire de la sculpture antique. Vie des artistes anciens et modernes. *Paris*, *Charpentier*, 1853 ; Ens. 4 vol. in-12, dem.-rel.

107. **Feer** (H. L.). Les Ruines de Ninive ou description des palais détruits des bords du Tigre. *Paris*, 1864 ; in-8, fig. dem.-rel.

108. **Fleury** (Édouard). Étude sur le pavage émaillé dans le département de l'Aisne. *Paris*, *Didron*, 1855 ; in-4, (200 dessins) br.

109. **Fleury** (E.). La Civilisation et l'Art des Romains dans la Gaule-Belgique. *Paris*, 1860 ; in-8, fig. dem-rel.

110. **Forest** (Alexandre). Tour de Babel ou objets d'art faux pris pour vrais. *Paris*, 1868 ; gr. in-8, br.

111. **Gally-Knight**. Voyage archéologique fait en Normandie en 1831. *Caen*, 1838; in-8, cart.

112. **Grégoire**. Rapport sur les destructions opérées par le vandalisme. *Paris*, 1794, br. in-8, cart.

113. **Guenebault** (L.-J.). Dictionnaire iconographique des monuments de l'antiquité chrétienne et du moyen-âge. *Paris*, *Leleux*, 1843; 2 vol. gr. in-8, dem.-rel.

114. **Histoire** de l'Art en France. *Paris*, *Sartorius*, in-8, (1re série), dem.-rel.

115. **Houbigant** (A.-G.). Notice sur le château de Sarcus. *Beauvais*, 1859 ; gr. in-8, fig. dem.-rel.

116. **Jubinal** (Achille). Explication de la danse des morts de la Chaise-Dieu. *Paris*, *Challamel*, 1841 ; in-4, pl. cart.

117. **Labarte** (Jules). Recherches sur la peinture en émail. *Paris*, *Didron*, 1857 ; in-4, br. fig.

118. **Laborde** (de). La Renaissance des arts à la cour de France. *Paris*, *Potier*, 1850-55 ; 2 vol. in-8, br.

119. **Laborde** (comte de). Le château du bois de Boulogne, dit château de Madrid. Étude sur les arts au XVIe siècle. *Paris*, 1855 ; in-8, dem.-rel. c. tr. p.

120. **Laborde** (de). La Renaissance des arts à la cour de France. (Études sur le XVIe siècle.) *Paris*, 1850 ; in-8, dem.-rel.

121. **Lasteyrie**. Quelques mots sur la théorie de la peinture sur verre. *Paris*, 1852 ; in-12, dem.-rel. c.

122. **Langlois** (E.-H.). Essai historique et descriptif sur la peinture sur verre. *Paris*, 1832 ; in-8, 7 pl. dem.-rel.

123. **Langlois** (E. H.). Essai sur les danses des morts. *Rouen,* 1852; 2 vol. gr. in-8, fig. dem.-rel. n. r.

Très-bel exemplaire, reliure neuve.

124. **La Quérière** (de). Essais sur les girouettes, épis, crêtes, etc. *Paris,* 1846.

Dans le même volume : *Recherches historiques sur les enseigues* des maisons particulières. *Paris*, 1852 ; in-8, fig. dem.-rel.

725. **Lagrèze** (de). Pompeï, les catacombes et l'Alhambra. *Paris*, *Didot*, 1872 ; gr. in-8, (95 grav.) br.

126. **Laurens** (J.-B.). Souvenir d'un voyage d'art à l'île de Majorque. *Paris*, *A. Bertrand,* gr. in-8, (55 pl.) dem.-rel.

127. **Lenoir** (Alexandre). Histoire des Arts en France prouvée par les monuments. *Paris,* 1810 ; in-4, cart. et atlas in-fol. de 168 pl. dem.-rel.

128. **Letronne.** Lettres d'un antiquaire à un artiste. *Paris*, *Labitte*, 1840 ; in-8, dem.-rel.

129. **Legrand d'Aussy**. Des sépultures nationales. *Paris*, *Esneaux*, 1824 ; in-8, dem.-rel.

130. **Lenormand** (Ch.). Rabelais et l'Architecture de la Renaissance. *Paris,* 1840; gr. in-8, fig. dem.-rel.

131. **Linas** (de). Notice sur cinq anciennes étoffes tirées de la collection de M. F. Liénard. *Paris*, 1866; gr. in-8, fig. dem.-rel.

132. — Orfévrerie mérovingienne. Les Œuvres de saint Éloi et la verroterie cloisonnée. *Paris*, *Didron*, 1864 ; pet. in-4, dem.-rel. fig.

133. **Marliano** (B.) Urbis Romæ topographia nuper ab ipso auctore nonnullis erroribus sublatis emendata. *Rome*, 1544; in-4, dem.-rel. fig.

134. **Martigny** (l'abbé). Dictionnaire des Antiquités chrétiennes. *Paris*, *Hachette*, 1865; gr. in-8, 270 grav. br.

135. **Mazois**. Le Palais de Scaurus. *Paris*, *Didot*, 1822; in-4, dem.-rel. fig.

136. **Mémoires de la Société**. Archéologique de Touraine. 1842-1855; 7 vol. in-8, br.

137. **Mérimée** (Prosper). Notes d'un voyage en Auvergne. *Paris*, *Fournier*, 1838 ; in-8, br.

138. — Notes d'un voyage dans le midi de la France. *Paris*, 1835; in-8, dem.-rel.

139. — Notes d'un voyage dans l'ouest de la France. *Paris*, 1836; in-8, dem.-rel. n. r.

140. **Millin**. Voyage dans les départements de la France. *Paris*, 1807 ; 4 vol. in-8 et atlas in-4, rel. v. pl.

141. **Montalembert** (de). Du Vandalisme et du Catholicisme dans l'art. *Paris*, *Debécourt*, 1839; in-8, fig. dem.-rel.

142. **Murcier** (Arthur). La Sépulture chrétienne en France, d'après les monuments du XIe au XVIe siècle. *Paris*, *Vivès*, 1855; in-8, fig. dem.-rel.

143. **Notice sur le tombeau de saint Martin** et sur la découverte qui en a été faite le 14 déc. 1860; *Tours*, 1861 ; in-4, pl. cart.

144. **Payen** (J.-F.). Montaigne chez lui, visite de deux amis à son château. *Périgueux*, 1861; gr. in-8, plan, dem.-rel.

145. **Peignot** (Gabriel). Recherche sur le luxe des Romains dans leur ameublement. *Dijon*, *V. Lagier*, 1837 ; in-12, dem.-rel. n. r.

146. **Petit-Radel**. Recherches sur les monuments cyclopéens. *Paris*, 1841 ; gr. in-8, pl. dem.-rel.

147. **Peyré** (J.-F.-A.). Manuel d'Architecture religieuse au moyen-âge. *Paris*, *Didron*, 1848 ; in-12, pl. dem.-rel. n. r.

148. **Popelin** (Claudius). L'émail des peintres. *Paris*, *Lévy*, 1866 ; gr. in-8, fig.

149. **Quatremère de Quincy**. Lettres sur l'enlèvement des ouvrages de l'art antique à Athènes et à Rome. *Paris*, 1836 ; gr. in-8, dem.-rel.

150. — Essai sur l'idéal dans ses applications pratiques aux œuvres de l'imitation propre des arts du dessin. *Paris*, *Le Clère*, 1837 ; in-8, dem.-rel.

151. **Ramée** (Daniel). Manuel de l'histoire générale chez tous les peuples, au moyen âge. *Paris*, *Paulin*, 1843 ; 2 vol. in-12, fig. dem.-rel.

152. — Histoire des Chars, carosses, omnibus de Paris, etc., 1856 ; in-12, fig. dem-rel.

153. **Raoul-Rochette.** Discours sur l'origine, le développement et le caractère des types imitatifs qui constituent l'art du christianisme. *Paris*, 1834 ; gr. in-8, d.-rel.

154. — Tableau des Catacombes de Rome. *Paris*, 1853 ; in-12, fig. dem.-rel,

155. — Cours d'Archéologie. *Paris*, 1828 ; in-8, cart. n. r.

156. **Raczynski** (A.). Les Arts en Portugal. *Paris*, *Renouard*, 1846 ; in-8, dem.-rel.

157. **Renouvier** (J.) et Ad. Ricard. Des Maîtres de Pierre et des autres artistes gothiques de Montpellier. *Montpellier*, 1844; in-4, pl. br.

158. **Répertoire archéologique** de l'Anjou, de l'origine 1865 à 1868 ; 4 années br. en numéros.

159. **Revue archéologique** de 1844 à 1850 ; 1852 à 1854 ; 10 années, in-8, fig. br.

Les deux premières années sont reliées.

160. **Revue universelle** des arts, publiée par P. Lacroix. De l'origine 1855 à 1865; 11 années br. en numéros.

161. **Rich** (Antony). Dictionnaire des antiquités romaines. *Paris*, *Didot*, 1861 ; in-8, br. fig.

162. **Robert** (David). Excursions en Espagne (1re excursion : Andalousie). *Paris*, 1836 ; in-8, fig. dem.-rel. n. rog.

163. **Schayes** (A.-G.-B.). Histoire de l'Architecture en Belgique. *Bruxelles*, *A. Jamar*, 2 vol. in-12, dem.-rel., fig.

164. **Theil** (N.) Dictionnaire de Biographie, mythologie, et géographie anciennes. *Paris*, *Didot*, 1864; in-12, fig. broché.

165. **Thiers** (J.-B.). Dissertation sur les porches des églises. *Orléans*, 1679; in-12, rel. v. pl.

166 — Traité des Cloches. *Paris*, 1781 ; in-12, rel. v. pl.

167. **Tilliot** (du). Mémoires pour servir à l'histoire de la fête des fous. *Lausanne*, 1751 ; in-12, rel. v. pl.

68. **Villemagne** (L'Abbaye de) et le Prieuré de saint Pierre de Rèdes. Histoire, antiquités et architectonique. *Montpellier*, 1840; in-4, fig. dem.-rel.

169. **Vincent** (Ch.). Histoire de la chaussure. *Paris*, *Charlieu*, 1861 ; in-8, fig. dem.-rel.

170. **Vitet** (L.). Études sur les beaux-arts et sur la littérature. *Paris*, *Charpentier*, 1846 ; 2 vol.

— **Études sur l'histoire** de l'Art. *Paris*, *Michel Lévy*, 1864 ; 4 tomes rel. en 2 vol. in-12, dem.-rel.

171. **Wauthers** (A.). Les délices de la Belgique, ou description pittoresque et monumentale de ce royaume. *Bruxelles*, 1844 ; gr. in-8, (100 pl. et carte). Cart n. r.

172. **Winkelmann**. Recueil de différentes pièces sur les arts. 1 vol. Recueil de Lettres, 1 vol. Remarques sur l'architecture des anciens, 1 vol. Ens. 3 vol, in-8, dem.-rel.

173. **Winkelmann**. Histoire de l'Art chez les anciens. *Paris*, 1789; 3 vol. in-8, fig. dem.-rel.

174. **Woillez**. Études archéologiques sur les monuments religieux de la Picardie, et particulièrement sur les caractères architectoniques qui doivent servir à faire distinguer ces monuments du ve au xvie siècle. *Amiens*, 1843; in-8, cart. et fig. dem.-rel. c.

175. **Wordsworth** (Le Dr C.), La Grèce pittoresque et historique. *Paris*, *Curmer*, 1841 ; gr. in-8, br. fig.

175 *bis*. Contours pour servir à l'Histoire de l'art chétien, de 1200 à 1600, faits en Italie, calqués sur les peintures des anciens maîtres, avec le texte explicatif, par *J.-A. Ramboux*, conservateur du musée de Cologne; 1 vol. in-fol. contenant 300 planches imprimées en deux et trois teintes.

Ouvrage capital et complétement épuisé.

PROVINCES DE LA FRANCE

Histoire, Voyages, Topographie, Antiquités, etc.

176. **Arbaumont** (D.). Essai historique sur la Sainte-Chapelle de Dijon. *Dijon*, 1863; in-4, pl. et fig. dem.-rel. t.

177. **Album** de la cathédrale de *Rouen*, petit in-4. Fig. cart.

178. **Allou**. Description des monuments de différents âges observés dans le département de la Haute-Vienne, avec un précis des annales de ce pays. *Limoges*, 1821, in-4, br.

179. **Arnauld**. Histoire de l'Abbaye de Ureuil-sur- l'Autize, depuis sa fondation 1068, jusqu'à sa sécularisation 1721; avec un plan et une vue de l'église. *Niort*, *Clouzot*, in-8, dem.-rel. c. tr. p.

180. **Artistes Orléanais**. Peintres, graveurs, sculpteurs, architectes. Liste sous forme alphabétique des personnages nés pour la plupart dans la province de l'Orléanais. *Orléans*, *Herluison*, 1863; in-8, d.-rel, t. do. n. r.

Ouvrage tiré à 115 exemplaires.

181. **Assier** (Alexandre). Comptes de la fabrique de l'église de Troyes, suivis de l'histoire de la construction du Jubé. *Troyes*, 1844 ; in-8, br.

Brochure tirée à 153 exemplaires.

182. **Baudiat**. Épigraphie santone et aunisienne. *Paris*, *Dumoulin*. 1871 ; gr. in-8, br.

183. **Audierne** (L'abbé). Le Périgord illustré. Guide monumental, statistique, pittoresque et historique de la Dordogne, avec gravures intercalées dans le texte. *Périgueux*, 1851; in-8, dem.-rel., c. tr. p.

184. **Autun**. Archéologique, par les sociétaires de la Société éduenne, et de la Commission des antiquités d'Autun. *Autun, Dejussieu*, 1848; in-8, fig. dem.-rel. c. tr. p.

185. **Baillargé**. Les Châteaux de Blois restaurés, Chambord-Chaumont, Amboise et Chanonceaux. *Blois*, 1852; in-12, fig. dem.-rel. c.

186. **Baudot**. Description de la chapelle de l'ancien château de Pagny; précédée de détails historiques sur ce château et les seigneurs qui l'ont possédé. Seconde éd. revue, augmentée et ornée de plusieurs planches, gravées et lithographiées, d'après les dessins de l'auteur. *Dijon*, 1842; in-4, cart.

187. **Baux**. Recherches historiques et archéologiques sur l'église de Brou. *Paris*, in-8, fig. dem.-rel.

188. **Baquol**. L'Alsace ancienne et moderne, ou description topographique, historique et statistique du Haut et du Bas-Rhin. 3e éd. entièrement refondue par Ristelhuber. *Strasbourg, Salmon* 1865; gr. in-8, fig. cartes, dem.-rel. c. tr. p.

189. **Bernard**. Monuments inédits de Provins. *Paris*, 1830; in-4, fig. cart.

190. **Bergevin et Dupré**. Histoire de Blois. *Blois*, 1847; 2 vol- in-8, br.

191. **Blois** et ses environs. 2e édition du guide historique dans le Blésois. Ornés de 32 vig. *Blois, Paris*, 1860; in-12, dem.-rel. c.

192. **Bouillet**. Description historique et scientifique de la Haute-Auvergne (département du Cantal). *Paris, Baillière*, 1834 ; in-8, et atlas in-8 de 35 planches gravées et lith. br.

193. **Bourassé** (L'abbé). Esquisses archéologiques des principales églises du diocèse de Nevers. *Nevers*, 1844; in-8, dem.-rel. c.

194. **Boudant** (L'abbé). Histoire de la ville, du château et de l'abbaye d'Ébreuil. *Moulins*, 1865; in-4, fig. br.

195. **Bodin**. Recherches historiques sur l'Anjou et ses monuments (Angers et le Bas-Anjou). *Saumur*, 1821 ; 2 vol. in-8, fig. dem.-rel. c. tr. p.

196. **Brouillet et Meillet**. Époques antédiluvienne et celtique du Poitou, avec 50 planches in-4. *Poitiers* et *Paris*, gr. in-8, dem.-rel. c. tr. r.

197. **Bulteau** (L'abbé). Description de la cathédrale de Chartres, suivi d'une notice sur les églises de Saint-Pierre, Saint-André, et de Saint-Aignan, de la même ville. *Chartres, Garnier*, 1850; in-8, fig. dem.-rel. c. tr. p.

198. **Bouzonnière** (De). Histoire architecturale de la ville d'Orléans, avec atlas in-4, de 64 lithograph. *Paris, Didron*, 1849; 2 tom. rel. en 1 vol. in-8, dem.-rel. c. tr. p.

199. **Caumont**. Statistique monumentale du Calvados. *Caen*, 1846-1867; 5 vol. in-8, br.

200. **Caneto** (L'abbé). Monographie de Sainte-Marie d'Auch. Histoire descriptive de cette cathédrale. *Paris*, 1850; in-12, dem.-rel. c.

201. **Castellan**. Fontainebleau. Études pittoresques et historiques sur ce château; orné de 85 planches grav. à l'eau-forte par l'auteur. *Paris*, 1840; in-8, dem.-rel. c. tr. p.

202. **Cayon** (Jean). Église des Cordeliers, la Chapelle ronde, Sépultures de la maison de Lorraine à Nancy, histoire et description de ces édifices, avec gravures et plan. *Nancy*, 1842; in-8, cart. n. rog.

203. **Cenac-Moncaut.** Voyage archéologique dans l'ancien comté de Comminges et dans celui de Quatre-Vallées. *Tarbes, Paris*, 1856; in-8, fig. cart.

204. **Chanbry.** Recherches sur les peintres-verriers champenois. *Châlons*, 1857; pl. in-8, cart.

205. **Chaillon-des-Barres** (le Baron). L'abbaye de Pontigny. *Paris*, 1844; grand in-8, fig. dem.-rel. c. tr. p.

206. **Chevalier** (l'abbé). Pièces historiques relatives à la Chastellenie de Chenonceau sous Louis XII, François Ier, Henri II, Diane de Poitiers et Catherine de Médicis. *Paris, Techener*, 1864; in-8, pl. dem.-rel. c. tr. p.

206 *bis*. — Lettres et devis de Philippe de Lorme et autres pièces relatives à la construction du château de Chenonceau. *Paris, Techener*, 1864; in-8, fig. dem.-rel. c. tr. p.

206 *ter*. Promenades pittoresques en Touraine. *Tours, Mame*, 1869; grav. sur bois et carte; in-8, br.

207. **Compayré.** Guide du Voyageur dans le département du Tarn, itinéraire historique, statistique et archéologique. *Abbi*, in-12, dem.-rel. c.

707 *bis*. **Corrand de Breban.** Les rues de Troyes anciennes et modernes, revue étymologique et historique, avec un plan. *Troyes*, 1857 ; pl. in-8, cart.

208. **Coëtlogon** (Marquis de). Dessins, histoire et description de l'église de Notre-Dame du Folgoët. *Brest*, 1851; in-4 obl. dem.-rel.

209. **Crosnier** (l'abbé). Monographie de la Cathédrale de Nevers. *Nevers, Morel*, 1854; grand in-8, pl. et fig. dem.-rel. c. tr. p.

Publication de la Société nivernaise.

210. **Crozes**. Monographie de l'insigne Collégiale de Saint-Salvi-d'Albi. *Paris*, in-12, fig. dem.-rel. c.

210 *bis*. Monographie de la Cathédrale d'Albi. 2e éd. *Paris*, 1850; in-12. dem.-rel. c.

211. **Dauriac**. Description naïve et sensible de la fameuse Église Sainte Cécile d'Albi. *Albi*, 1857; in-12, dem.-rel. v. c.

212 — Recherches sur l'ancienne Cathédrale d'Alby. Preuves de l'existence de deux Églises dédiées à Sainte Cécile au xe siècle. *Paris*, 1851; in-8, cart.

213. **Denis** (l'abbé). L'Église et l'Abbaye de Saint-Pierre. sur-Dive en 1145. *Caen*, 1867; in-8 br.

214. **Des Murs**. Histoire des Comtes du Perche de la famille des Rotrou de 943 à 1231. *Nogent-le-Rotrou*, 1856; in-8, fig. br.

215. **Deville**. Histoire du Château et des Sires de Tancarville. *Rouen*, 1834; in-8, fig. br.

215 *bis*. — Revue des architectes de la Cathédrale de Rouen. jusqu'à la fin du xvie siècle. *Rouen*, 1847; in-8, fig. dem.-rel. c. tr. p.

216. **Description historique** des Maisons de *Rouen* les plus remarquables par leur décoration extérieure et leur ancienneté, ornés de 21 sujets inédits dessinés et gravés par Langlois. *Paris*, 1821; 2 vol. in-8, br.

217 — Le même ouvrage en 1 vol. in-8, dem.-rel.

218. Dictionnaires topographiques des départements de la France. 16 vol. in-4, br. (Ouvrage publié par le Gouvernement.)

219. **Doisnarex**. Mont Saint-Michel. Notice historique et archéologique. *Saint-Lô*, 1848; pl. in-8 cart.

220. **Dumast**. Nancy, histoire et tableau. 2e édit. revue et augmentée avec la perspective gravée de cette capitale. et la vue de l'ancien Palais ducal pris à vol d'oiseau, avec les dessins de la poterie d'Antoine et de la salle des Cerfs. *Nancy*, *Vagner* 1847; in-8, fig. dem.-rel. c. tr. p.

221. **Dusevel**. Notice historique et descriptive sur l'Église Cathédrale d'Amiens. *Amiens*, 1839; pl. in-8, fig. cart.

222. **Dubuisson**. Armorial des principales Maisons et Familles du Royaume de France, particulièrement de celles de Paris et de l'Isle de France. Ouvrage enrichi de près de quatre mille écussons gravés en taille douce *Paris*, 1767; in-12, rel. anc. (tome premier seul).

223. **Ecouen**. La Paroisse, le Château et la Maison d'Éducation. *Versailles*, 1865; in-12 avec 3 eaux-forte, dem.-rel.

224. **Ewig**. Compiègne et ses environs, ill. de 12 vues d'après nature, enrichi d'une carte de culs de lampes et vignettes. *Paris*, *Renduel*, 1836; in-8, dem.-rel c. tr. p.

225. **Foncart**. Poitiers et ses monuments ornés d'un plan de la ville et de 15 vues de ses principaux monuments. *Poitiers*, 1841; pl. in-8, cart.

226. **Fortoul**. Fastes de Versailles. *Paris*, *Delloye*, grand in-8, fig. rel. en vel.

227. **Frary**. Monuments de sculpture, peinture, Architecture de l'ancien comtat venaissin, 32 pl. avec texte explicatif. *Paris*, in-4 br.

228. **Freminville**. Antiquités de la Bretagne. Finistère, Morbihan. *Brest*. 1832-34; 2 vol. in-8, fig. dem.-rel. c. tr. p.

229. **Galitzin** (le Prince A. de). Inventaire des meubles, bijoux et livres estant à Chenonceaux le huit janvier 1603, précédé d'une notice de la vie de Louise de Lorraine et d'une notice sur le Château de Chenonceaux. Les triomphes faictz à l'entrée de Françoys II et de Marie Stuart au château de Chenonceaux le dimanche dernier jour de mars 1559. *Paris*, *Techener*, 1856-57; 2 vol. rel. en 1 in-8. dem.-rel., c. tr. p.

230. **Gadebled.** Topographique, statistique et historique du département de l'Eure. *Évreux*, 1840; in-12, dem.-rel.

231. **Gaudron** (l'abbé). Essai historique sur le diocèse de Blois et le département de Loir-et-Cher avec cartes représentant les divisions anciennes et actuelles. *Blois*, 1870; in-8, br.

232. **Gemblous.** Notices historiques, archéologiques et philologiques sur Bourges et le département du Cher. *Bourges*, 1840; in-8, dem.-rel., c. tr. p.

233. **Gilles du Port.** Histoire de l'église d'Arles. *Paris*, *G. Cavelier*, 1690; in-12, v.

234. **Gilbert.** Description historique de la Cathédrale de Rouen. 2e édit. orn. de 3 gr. *Rouen*, 1837; in-8, dem.-rel., c. tr. p.

235. **Girault de Saint Fargeau.** Dictionnaire géographique, historique, industriel et commercial des communes de France. *Paris*, 1845; 3 vol. in-4, fig. dem.-rel.

236. **Grandmaison.** Procès-verbal du pillage par les Huguenots, des reliques et joyaux de saint Martin-des-Tours en mai et juin 1562. *Tours*, *Mame*, 1868; grand in-8, fig. dem.-rel.

237. — La grille d'argent de saint Martin-de-Tours, donnée par Louis XI. *Tours*, 1863; pl. in-8, cart.

238. **Gibélin**. Lettres sur les Tours antiques qu'on a démolies à Aix et sur les antiquités qu'elles renfermaient. *Aix*, 1787; in-4, fig., rel. anc.

239. **Guilbert** (l'abbé). Descriplion historique des Châteaux, Bourg et Forêt de Fontainebleau, contenant une explication historique des peintures, tableaux, reliefs, statues, ornements qui s'y voient et la vie des architectes peintres et sculpteurs qui y ont travaillé, enrichi de plusieurs plans et figures. *Paris*, *Caillereau*, 1731; 2 tom. rel. en 1 vol. in-12, v.

240. **Guide dans la Ville de Bourges**. 2ᵉ éd. *Bourges*, 1855; in-18, dem.-rel. c.

241. **Guilhermy** (Baron de). Monographie de l'Église royale de Saint-Denis. Tombeaux et figures historiques dessins par Ch. Fichot. *Paris*, *Didron*, 1848; in-12, dem.-rel. c. t. dor. n. r.

242. **Guenarox**. Besançon. Description historique des monuments et établissements publiés de cette ville. 2ᵉ éd. ornée de gravures. *Besançon*, 1860; in-12, dem.-rel. c.

243. **Histoire** du Donjon et du Château de Vincennes, depuis leur origine jusqu'à la Révolution. *Paris*, 1807; 3 vol. in-8, fig. dem.-rel.

244. Histoire de l'ancienne Cathédrale et des Évêques d'Alby, depuis les temps connus jusqu'à la fondation de la nouvelle église Sainte-Cécile. *Paris*, Imprimerie impériale, 1868.

245. **Histoire de la Ville de Reims** depuis sa fondation jusqu'à nos jours, ill. de plans de Reims ancien et moderne et des vues des principaux monuments. *Reims*, 1861; in-12, dem.-rel. c.

246. **Hucher**. Études sur l'histoire et les monuments du département de la Sarthe. Le Mans (s. d), in-8, fig. dem.-rel. c. tr. p.

247. **Huot.** Le Viel Orléans (Excursions archéologiques). *Orléans,* 1854; in-12, dem.-rel. v. f. c.

248. **Imbert.** Histoire de Thouars. *Niort,* 1871, in-8, br.

249. **Jacquin et Duesberg.** Rueil, le Château de Richelieu, la Malmaison, avec pièces justificatives, 2e éd. aug. *Paris,* 1846; in-8, fig., dem.-rel. c. tr. p.

250. **Jehan.** La Bretagne, esquisses pittoresques et archéologiques, origines celtiques, et nouvelle interprétation des monuments. *Tours,* 1863; in-8, fig. br.

251. **Jeannel.** Notice sur le Palais des Comtes de Poitou, aujourd'hui Palais de Justice de Poitiers. *Poitiers,* 1851; pl. in-8 cart.

252. **Jourdain** et **Duval.** Stalles de la Cathédrale d'Amiens. *Amiens,* 1843; gr. in-8; fig., dem.-rel. c. tr. p.

253. **Lalanne** (l'abbé). Histoire de Châtelleraud et du Châtelleraudais, avec pl. et fig. *Châtelleraud,* 1859; 2 t. rel. en 1 vol. in-8; dem.-rel. c. tr. p.

254. **Labbé.** Histoire du Berry, abrégée, dans l'éloge panagérique de la ville de Bourges. Lettres inédites des Rois de France. Notice historique sur l'ancien Hôtel-de-Ville de Bourges. *Bourges,* 1840; in-8, fig., dem.-rel. c. tr. p.

255. **Langlois.** Stalles de la Cathédrale de Rouen, ornées de 13 pl. gravées et un portrait. *Rouen,* 1838; in-8. dem.-rel. t. dor. n. r.

256. Essai historique et descriptif sur l'abbaye de Fontenelle ou de St-Wandrille et sur plusieurs autres monuments des environs, avec un grand nombre de plans inédits, dessinés et gravés par l'auteur. *Paris, Tastu,* 1837; in-8, dem.-rel.

257. — Essai sur les Énervés de Jumiéges et sur quelques décorations singulières des églises de cet abbaye, suivi du miracle de sainte Bautheuch. *Rouen*, 1838; in-12, fig., dem.-rel.

258. — Notice sur l'Incendie de la Catéhdrale de Rouen, le 15 septembre 1822, ornée de 6 pl. *Rouen*, 1823; in-8, dem.-rel. c. tr. p.

259. **Laborde** (comte A. de). Versailles, ancien et moderne, 1 vol. de 500 pages orné de plus de 800 gr. *Paris*, *Gavard*, 1841; gr. in-8 br.

260. **Le château de Lude**. Essai historique sur son origine et ses possesseurs. *Paris*, 1854; in-4 cart.

261. **Ledain** (Bélisaire). Histoire de la ville et baronnerie de Bressuire. *Bressuire* et *Niort*, 1866; in-8, fig., dem. rel. c. tr. p.

262. **Lepage**. Le Palais ducal de Nancy. *Nancy*, 1852; gr. in-8, fig.; dem.-rel. c. tr. p.

263. **Lequeux**. Antiquités religieuses du diocèse de Soissons et Laon. *Paris*, 1859; 2 vol. in-18, fig., dem.-rel.

264. **Le Palais ducal de Nancy**. *Nancy*, 1861; in-4, fig., dem.-rel. c. tr. p.

265. **Les Tombeaux de Saint-Denis**, ou Description de cette Abbaye célèbre. *Paris*, 1825; in-18, dem.-rel. c.

266. **Loriquet**. Les Mosaïques des promenades et autres, trouvées à Reims. Études sur les Mosaïques et sur les Jeux de l'Amphithéâtre. *Reims*, 1862; gr. in-8, fig. et pl. dem.-rel. c. tr. p.

267. **Lorain**. Essai historique sur l'Abbaye de Cluny, suivi de pièces justificatives. *Dijon*, 1839; gr. in-8, fig. dem.-rel.

268. **Loiseleur.** Résidences royales de la Loire, avec grav. sur bois représentant les châteaux de Chambord, Blois, Chaumont, Chemonceaux. *Paris*, *Dentu*, 1863; in-12, dem.-rel. c.

269. **Maillard** et **Chambure.** Dijon ancien et moderne. Recherches historiques tirées des monuments contemporains, la plupart inédits, illustré par E. Sagot, archit. *Dijon*, 1840; gr. in-8, dem.-rel.

270. **Monbail** (comte de). Notes et croquis sur la Vendée. *Niort*, 1843; in-4, fig. br.

271. **Mont-Rond** (de). Essais historiques sur la ville d'Étampess avec plan et notes justificatives. *Étampes*, 1836; 2 t. en 1 vol. in-8, dem.-rel.

272. **Moyne** (l'abbé). L'Abbaye de Sénac, notice historique et archéologique. *Avignon*; in-12, fig. dem.-rel.

273. **Moët de la Forte-Maison.** Antiquités de Noyon, étude historique, géographique, archéologique et philologique des documents que fournit cette ville, avec cart. et pl. *Paris*, *Aubry*; in-8, dem.-rel. c. tr. p.

274. **Nicolle.** Le Château de Maison, son histoire et celle des principaux personnages qui l'ont habité. *Paris*, 1858; gr. in-8, fig., dem.-rel. c. tr. p.

275. **Notice Archéologique** sur le département de l'Oise, contenant la liste des monuments de l'époque celtique, etc. *Beauvais*, 1858; in-8, dem.-rel. c. t. p.

276. **Notice historique** et descriptive sur l'Église métropolitaine de Ste-Césile d'*Albi*, suivi de la biographie des évêques et archevêques d'Albi, des évêques de *Castre* et de *Lavaur*. *Toulouse*, 1841; pet. in-4 cart.

277. **Nobilleau.** La Collégiale de Saint-Martin de Tours : Basilique, Chapître, Possessions. *Tours*, 1869; in-8, br. pl. (gr. pap. tiré à 150 ex.

278. **Pascal.** Histoire topographique du département de Seine-et-Marne. *Corbeil*; 2 vol. in-8, dem.-rel.

279. **Petit.** Guide pittoresque dans la ville de Sens. *Sens*, 1847; in-12, fig. dem.-rel c.

280. **Pérémé.** Recherches historiques et archéologiques sur la ville d'Issoudun. *Paris*, 1847; in-8, fig. br.

281. **Pigeon** (l'abbé). Nouveau guide descriptif et historique du Mont-Saint-Michel. *Avranches*; in-12, fig., dem.-rel. c.

282. **Piton.** La Cathédrale de Strasbourg, illus. de 3 pl. et 7 lith. *Strasbourg*, 1861; in-8, dem.-rel. c. tr. p.

283. **Poussin** (l'abbé). Monographie de l'Abbaye et de l'Église de Saint-Remy de Reims. *Reims*, 1857; in-8, fig. br.

284. **Rever.** Mémoires sur les Ruines du Viel-Evreux, dép. de l'Eure, avec la carte de tout le territoire où il existe de ces ruines et 14 pl. et dessins des objets trouvés dans les fouilles. *Evreux*, 1827; in-8, dem.-rel. c.

285. **Renouvier.** Monuments divers pris dans quelques anciens diocèses du Bas-Languedoc. *Montpellier*, 1841; in-4, fig. cartonné.

286. **Recherches** sur le véritable auteur du plan des fortifications de la ville neuve de Nancy. *Nancy*, 1860; pl. in-8, cart.

287. **Rey.** Le Guide des étrangers à Vienne (Isère), ou Aperçu sur ses monuments anciens et *modernes*. *Lyon*, 1819; in-8, fig. br.

288. **Renouvier**. Monuments de quelques anciens diocèses du Bas-Languedoc. *Montpellier*, 1840; in-4, fig. cartonné.

289. **Rousselet**. Histoire et Description de l'Église royale de Brou. *Paris*, 1767; in-12, m. r. fil. dent. tr. dorée.

290. **Rouvrois**. Voyage pittoresque en Alsace. *Mulhouse*, 1844, in- 8, fig. cart.

291. **Roger**. Archives historiques de l'Albigeois et du pays de Castrais. *Alby*, *Rodière*; gr. in-8, fig., dem.-rel. m. r. c. tr. p.

292. **Rocher** (l'abbé). Histoire de l'Abbaye royale de Saint-Benoît-sur-Loire. *Orléans*, 1865; gr. in-8, orné de 21 pl. dem.-rel. m. r. c. tr. p.

293. **Saussaye** (de la). Histoire du Château de Blois. *Blois* et *Paris*, 1862; in-12, fig. dem.-rel.

294. — Le Château de Blois. *Blois*, 1840; in-12, dem.-rel.

295. — Blois et ses environs, 3e éd. ill. de 38 vig. *Blois*, 1862; in-12, dem.-rel. c.

296. **Salies**. Notice sur le Château de Lavardin (Loir-et-Cher), avec 3 planches. *Tours*, 1865; pl. in-8, cart.

297. **Soixante Brochures** sur les Provinces, Abbayes, Châteaux, Palais, etc. In-8° et in-12 br.

298. **Stabenrath**. Le Palais de justice de Rouen. *Rouen*, 1842; in-8, fig. dem.-rel. c. tr. p.

299. **Taillandier**. Histoire du Château et du Bourg de Blandy-en-Brie. *Paris*, *Dumoulin*, 1854; gr. in-8, fig., dem-rel. c. tr. p.

300. **Tarbé**. Reims, ses rues et ses monuments. *Reims*, 1844; in-8, dem.-rel.

301. **Vatout**. Le Château d'Amboise. *Paris*, *Didier*, 1852; in-8, dem.-rel., c. t. d. n. r.

302. **Vaultier**. Histoire de la Ville de Caen. *Caen*, 1843; in-12, br.

303. **Verusmor**. Voyage en Basse-Betagne. *Guimgamp*. In-12, dem.-rel.

304. **Wigrin de Taillefer**. Antiquités de Veson. *Périgueux*, 1826; 2 vol. in-4, pl. fig., br.

PARIS

Histoire, Archéologie, Monuments

305. **Barillet** (E. J. J.). Recherchés historiques sur le Temple. *Paris*, *Dufour*, 1809; in-8, pl., dem.-rel.

306. **Berty** (Adolphe). Les trois Ilôts de la Cité compris entre les rues de la Licorne, aux Fèves, de la Lanterne, du Haut-Moulin et de Glatigny. *Paris*, *Didier*, 1860; gr. in-8, pl. cart.

307. **Brice** (Germain). Nouvelle description de la Ville de Paris et de tout ce qu'elle contient de plus remarquable. *Paris*, 1725; 4 tomes reliés en 2 vol. in-12, rel. anc.

308. **Bonnefons** (Georges). Les Hôtels historiques de Paris (Histoire-Architecture). *Paris*, *V. Lecou*, 1852; gr. in-8, fig., dem.-rel., cart.

309. **Clarac** (De). Description historique et graphique du Louvre et des Tuileries. *Paris*, 1853; gr. in-8, pl., dem.-rel.

310. **Cousin** (Jules). L'Hôtel de Beauvais (rue Saint-Antoine). Esquisse historique. *Paris*, 1864; gr. in-8, papier vergé, fig. br.

311. **Corrozet** (Gilles). Les Antiquités chroniques et singularités de Paris. *Paris*, 1586; in-12, dem.-rel.

312. **Curiosités** de Paris, de Versailles, Marly, Vincennes, Saint-Cloud et des environs, par *M. L. R. Paris*, 1771; 2 vol. in-12, fig., rel. anc.

313. **Description** historique des Curiosités de l'Église de Paris, par *M. C. P. G. Paris*, 1763; in-12, fig., rel. anc.

314. **Du Breul** (F.-J.). Le Théâtre des antiquités de Paris, divisé en quatre livres. *Paris*, 1612; gr. in-8, dem.-rel.

315. Le même ouvrage, augmenté d'un supplément. *Paris*, 1639; gr. in-8, cart.

316. **Dufour** (L'abbé Valentin). Le Charnier de l'ancien cimetière Saint-Paul. Étude historique. *Paris*, 1866; gr. in-8, br.

317. **État** ou Tableau de la Ville de Paris, considéré relativement au nécessaire, à l'utile, à l'agréable et à l'administration. *Paris*, 1760; in-8, pl., rel. anc.

318. **Fournier** (Édouard). Paris démoli. *Paris, Aubry*, 1855; in-12, dem.-rel., c.

319. — Énigmes des rues de Paris. *Paris, Dentu*, 1860; in-18, dem.-rel., c.

320. **Franklin** (Alf.). Étude historique et topographique sur le Plan de Paris de 1540, dit Plan de Tapisserie. *Paris, Aubry*, 1869; in-8, pap. vergé, br.

321. **Gisors** (Alphonse de). Le Palais du Luxembourg fondé par Marie de Médicis, régente. *Paris*, *Plon*, 1847; in-4, pl., cart.

322. **Girard** (P.-S.). Simple exposé de l'état actuel des Eaux publiques de Paris. *Paris*, *Carilian*, *Goeury*, 1831; in-8, cart.

323. **Gilbert** (A.-P.-M.). Description historique de la Basilique métropolitaine de Paris, ornée de gravures. *Paris*, 1821; in-8, br.

324. **Guillaumot** (C.-A.). Mémoire sur les travaux ordonnés dans les carrières sous Paris, et plaines adjacentes. *Paris*, 1804; in-8, cart.

325. **Guillebert** (de Metz). Description de la Ville de Paris au xve siècle, publié par Le Roux de Lincy. *Paris*, *Aubry*, 1855; in-16, dem.-rel., c.

326. **Guilhermy** (M.-F. de). Itinéraire archéologique de Paris. *Paris*, *Bance*, 1855; in-12, fig., dem.-rel., c. n. rog.

327. **Héricart**, de Thury (L.). Description des Catacombes de Paris. *Paris*, *Bossange*, 1815; in-8, pl., cart.

328. **Histoire** de l'Emplacement de l'ancien Hôtel de Soissons. Dissertation sur l'Enceinte de Paris commencée par Philippe-Auguste (Extrait des Mémoires de l'Académie des inscriptions et belles-lettres.) in-12, cart.

329. **Jaillot**. Recherches critiques, historiques et topographiques sur la Ville de Paris, avec le Plan de chaque quartier. *Paris*, 1775; 5 vol. in-8, rel., v. pl.

330. **Labat** (E.). Hôtel de la Présidence actuellement Hôtel de la Préfecture de Police. Recherches historiques. *Paris*, 1844; gr. in-8, pl., dem.-rel., cart.

331. **Lebeuf** (l'Abbé). Histoire de la Ville et de tout le Diocèse de Paris, nouvelle édition continuée jusqu'à nos jours, par Hippolyte Cocheris. *Paris*, 1863-67; tomes I à III, in-8, br.

332. **Letronne.** Examen critique de la découverte du prétendu cœur de Saint-Louis, faite à la Sainte-Chapelle, le 15 mai 1843. *Paris*, *Didot*, 1844; gr. in-8, pl., dem.-rel., cart.

333. **Maillard** (Firmin). Le Gibet de Montfaucon. Étude sur le vieux Paris. *Paris*, *Aubry*, 1863; in-16; br., pl.

334. **Morand** (Sauveur-Jérôme). Histoire de la Sainte-Chapelle royale du Palais, enrichie de planches. *Paris*, 1790; in-4, dem.-rel.

335. **Notice** sur le Monument érigé à Paris par souscription à la gloire de Molière. *Paris*, *Perrotin*, 1844; gr. in-8, cart.

336. **Notice** descriptive et historique sur l'Église et la Paroisse Saint-Eustache de Paris. *Paris*, *Dentu*, 1855; in-12, cart.

337. **Notices** sur l'Hôtel de Cluny et sur le Palais des Thermes. *Paris*, *Didot*, 1834; in-8, dem.-rel., cart.

338. **Pasquier et Denis.** Plan topographique et raisonné de Paris. *Paris*, 1771; in-12, rel., v.

Ouvrage contenant 38 cartes et quelques vues de Paris intercalées dans le texte, qui est gravé.

339. **Remarques** historiques et critiques sur les trente-trois Paroisses de Paris, par un citoyen de la section des Lombards. *Paris*, 1791; in-8, dem.-rel., c.

340. **Verniquet.** Plan de Paris. *Paris*, 1796; 72 feuilles in-fol., dans un carton.

341. **Verdot** (J.-M.). L'Hôtel de Carnavalet, notice historique. *Paris, Aubry*, 1865; in-8, br.

342. **Voyage pittoresque** des environs de Paris, ou description des Maisons royales, etc., par *M. D... Paris*, 1755; in-12, pl., rel. anc.

343. **Voyage pittoresque** de Paris ou indication de tout ce qu'il y a de plus beau dans cette grande Ville en peinture, sculpture, etc., par *M. D... Paris*, 1757; in-12, fig., rel. anc.

LITTÉRATURE, HISTOIRE, BEAUX-ARTS

344. **Ampère**. L'Empire romain à Rome. *Paris*, 1867; 2 vol. in-8, br.

345. **Anastasii**. Bibliothecarii historia ecclesiastica et de Vitis pontificum. *Paris*, imprimerie Royale, 1649; in-fol., rel. anc.

346. **Bibliothèque de Poche**. Nous avons Curiosités, Littéraires;— Bibliographiques, Biographiques, des traditions, des Mœurs et Légendes; — Archéologie et Beaux-Arts philologiques, géographiques et étimologiques; — Inventions et Découvertes; — du Vieux Paris Ens. 9 vol. in-12, br.

347. **Boccace** (Les Contes de). Traduits et précédés d'une notice, par A. Barbier. Vignettes de Tony, Johannot, Baron, etc. *Paris, Barbier*, 1846; gr. in-8, dem.-rel.

348. **Boileau.** Œuvres avec des éclaircissements historiques donnés par lui-même, et les figures gravées par Bernard Picart, le romain. *La Haye*, 1729; 2 vol. in-fol.. rel. v. tr. d.

349. **Bouland.** Mission, Morale de l'art. *Paris*, *Labite*, 1852; in-8, dem.-rel., cart., tr., pl.

350. **Bourassé** (L'abbé). Les Apôtres. Histoire de l'Établissement de l'Église, d'après les textes contemporains. *Tours*, *Mame*, 1869; gr. in-8, dem. rel. c. tr. p.

351. **Bretaigne.** Récit des Funérailles d'Anne de Bretagne, publié par L. Merlet et Max. de Gombert. *Paris*, *Aubry*, 1858; in-16 br.

352. **Champagny** (Cte Franz de). Rome et la Judée au temps de la chute de Néron. *Paris*, 1858; in-8 dem.-rel. c. tr. p.

353. **Champfleury.** Histoire de la Caricature au moyen-âge. Histoire de la Caricature antique. *Paris*, *Dentu*, 1872; 2 vol. in-12, fig. br.

354. **Clément.** Portraits historiques. *Paris*, *Didier*, 1857 in-8 dem.-rel.

355. — Portraits historiques. *Paris*, *Didier*. 1855; in-8 dem.-rel.

356. — Jacques Cœur et Charles VII ou la France au xve siècle. *Paris*, 1853; 2 tom. en 1 vol. in-8, fig. dem.-rel. tr. p.

357. **Cousin.** Du Vrai, du Beau et du Bien. *Paris*, 1853; in-8 dem.-rel. c. tr. p.

358. **Delille.** Les Jardins ou l'Art d'embellir les Paysages poème. *Paris*, *Chapsal*, 1844; gr. in-8, fig. dem.-rel.

359. **Dupanloup** (Mgr.). Histoire de Notre-Seigneur Jésus-Christ. *Paris*, *Plon*, 1870 ; gr. in-8, fig. br.

360. **Dupiney de Vorepierre.** Dictionnaire français illustré et Encyclopédie universelle. *Paris*, 1860 ; 2 vol. in-4 dem.-rel. c. tr. p.

361. **Erasme.** Éloge de la Folie, traduit par Guedeville avec les fig. de Holbein. *Amsterdam*, 1728 ; in-8 rel. anc.

362. **Fénélon.** Aventures de Télémaque avec les fig. de B. Picart, Debrie, Dubourg, etc. *Amsterdam*, 1734 ; in-4 rel. anc.

363. **Ferrière-Percy** (Cte de la). Le Journal de la comtesse de Sauzay. Intérieur d'un château normand au XVIe siècle. *Paris*, *Aubry*, 1859 ; in-12 dem.-rel.

364. — Marguerite d'Angoulême. Son livre de dépense (1540-1549). Étude sur ses dernières années. *Paris*, *Aubry*, 1862 ; in-12, port., dem.-rel. c.

365. **Garnier** (Ch.). Chanson dite au dîner des Cinquante, le 8 février 1869. *Paris*, *Jouaust*, 1869 ; in-8 br.

Tiré seulement à 100 exemplaires et non mis dans le commerce.

366. **Glossarium** (Eroticum). Linguæ latinæ. *Paris*, *Dondey-Dupré*, 1826 ; in-8 dem.-rel. c. tr. p.

367. **Goethe.** Werther, traduction nouvelle précédée de considérations sur Werther, etc., par Pierre Leroux avec 10 eaux-fortes, par Tony Johannot. *Paris*, *Hetzel*, 1845 ; gr. in-8 dem.-rel.

368. **Hugo** (V.). Notre-Dame-de-Paris. *Paris*, *Perrotin*, 1844 ; gr. in-8, fig. dem.-rel.

369. **Jacquet-Delahaye.** Du rétablissement des Églises en France. *Paris*, 1822 ; in-4, fig. dem.-rel. to.

370. **Laborde** (de). Les Ducs de Bourgogne. *Paris*, 1849 ; 2 vol. in-8 br.

371. **Lalanne** (Ludovic). Dictionnaire historique de la France. *Paris*, *Hachette*, 1873 ; gr. in-8 br.

372. **Lecomte** (Jules). L'Italie des gens du monde (Venise). *Paris*, *Souverain*, 1844 ; in-8 dem.-rel.

373. **Leber.** Essai sur l'appréciation de la fortune privée au moyen-âge. 2e éd. *Paris*, 1847 ; in-8 dem.-rel. c. tr. p.

374. **Martonne** (de). La Piété au moyen-âge. *Paris*, *Dumoulin*, 1855 ; in-8 dem.-rel.

375. **Magasin pittoresque** de 1841 à 1872, plus la table des 20 premières années. ens. 32 vol. in-4 en liv.

376. **Mérault-Daussy**. Histoire des Beaux-Arts ou les grands hommes de l'Italie. *Paris*, 1849 ; in-8 dem.-rel. c. tr. p.

377. **Mollière** (Antoine). Métaphysique de l'art. *Lyon*, 1851 ; in-8 dem.-rel. c. tr. p.

378. **Musée de la Révolution.** Histoire chronologique de la Révolution Française. Coll. de sujets dessinés par Raffet. *Paris*, 1834 ; in-8, fig. dem.-rel.

379. **Nisard**. Collection des Auteurs latins. 17 vol. in-4 br.

380. **Nodier** (Charles). Franciscus Columna, dernière nouvelle de Ch. Nodier. *Paris*, 1844 ; in-12, pap. v., dem.-rel. c. t. do. n. r.

381. **Noailles** (Marquis de). Henri de Valois et la Pologne en 1572. *Paris*, 1867 ; 3 vol. in-8 br.

382. **Noailles** (Anne-Paule-Dominique de), marquise de Montagu. *Paris*, 1864 ; in-8, portrait, dem.-rel. c. tr. do.

383. **Poirson.** Histoire du règne de Henri IV. *Paris, Didier*, 1864 ; 4 vol. in-8 br.

384. **Rebold.** Histoire générale de la Franc-Maçonnerie. *Paris, Franck*, 1851 ; in-8 dem.-rel. c. tr. p.

385. **Rochambeau** (de). La Famille de Ronsard. *Paris, Franck*, 1868 ; in-12 et atlas gr. in-8, cart. (bib. elzev.).

386. **Ruinart.** Acta primorum Martyrum sincera et selecta. *Paris, Muguet*, 1689 ; in-4 rel. anc.

387. **Stendhal.** Promenades dans Rome. *Paris, Delaunay*, 1829 ; 2 vol. in-8, fig. dem.-rel. (Édition originale).

388. **Valois** (Marguerite de). La Ruelle mal assortie ou Entretiens amoureux d'une dame éloquente avec un cavalier gascon plus beau de corps que d'esprit et qui a autant d'ignorance comme elle a de savoir. *Paris, Aubry*, 1855 ; in-12 dem.-rel.

389. **Voragine.** La Légende dorée. *Paris, Gosselin*, 1843 ; 2 vol. in-12 dem.-rel. c.

BIBLIOGRAPHIE

390. **Brunet** (J.-Ch.). Manuel du libraire et de l'amateur de livres, 5e éd. *Paris*, *Didot*, 1860 ; 6 vol. gr. in-8 dem.-rel. c. tr. p.

391. **Brunet.** Évangiles apocryphes. *Paris*, 1848 ; in-12 dem.-rel. c.

392. **Fontaine de Resbecq** (de). Voyages littéraires sur les quais de Paris. *Paris*, *Durand*, 1867 ; in-12 dem.-rel. c.

393. **Girault de St-Fargeau.** Bibliographie historique et topographique de la France, ou Catalogue de tous les ouvrages imprimés en français depuis le XIVe siècle jusqu'en 1845. *Paris*, *Didot*, 1845 ; in-8 dem.-rel. c. tr. p.

394. **Laborde** (Cte de). De l'Organisation des bibliothèques dans Paris. Le Palais Mazarin. *Paris*, 1845 ; gr. in-8, fig., dem.-rel.

395. **Peignot** (Gabriel). Le Livre des singularités. *Dijon*, 1841 ; in-8 dem.-rel.

Vve Renou, Maulde et Cock, imp. de la Compagnie des Commissaires-Priseurs, rue de Rivoli, 144. 2806

www.ingramcontent.com/pod-product-compliance
Ingram Content Group UK Ltd.
Pitfield, Milton Keynes, MK11 3LW, UK
UKHW021953260726
13994UKWH00004B/1709